Mi loca familia de vacaciones

Chris Higgins

Ilustrado por **Lee Wildish**

edebé

Título original: *My funny family on holiday*
Text copyright© Chris Higgins, 2015
Illustrations© Lee Wildish, 2015

First published in Great Britain in 2013
by Hodder Children's Books

© Ed. Cast.: Edebé, 2015
Paseo de San Juan Bosco, 62
08017 Barcelona
www.edebe.com

Atención al cliente 902 44 44 41
contacta@edebe.net

Directora de Publicaciones: Reina Duarte
Editora de Literatura Infantil: Elena Valencia

© Traducción: Teresa Blanch

4.ª edición

ISBN 978-84-683-1376-4
Depósito Legal: B. 25.305-2014
Impreso en España
Printed in Spain

Para el bebé Jake.

Bienvenido a *mi* loca familia.

Capítulo 1

Dontie, V, Stanika, Jellico, mamá, papá y yo nos vamos de vacaciones de verano. Iremos a Cornualles en tren.

Nos costará casi un día entero llegar allí y nos quedaremos durante dos semanas.

Dormiremos en una tienda, en un *camping* instalado en el terreno de un granjero, que Dontie encontró por Internet.

El *camping* se llama Sunset Farm y se encuentra en la cima de un acantilado, que se asoma al océano Atlántico. A los pies del acantilado hay una ancha playa arenosa, y un sendero que sale de la granja conduce hasta ella.

Estoy tan nerviosa que no puedo esperar.

Mi mejor amiga Lucinda va a ir al Continente con sus padres.

En el colegio buscamos el Continente en el gran atlas de la biblioteca, pero no pudimos encontrarlo por ninguna parte.

—Es porque está en el extranjero —dijo Lucinda.

—Yo creía que los atlas mostraban todos los lugares del mundo —añadí sorprendida.

—El Continente, no —explicó Lucinda—. Es especial. Papá dice que nos va a costar un mundo.

El papá de Lucinda sabe lo que cuestan las cosas porque es contable.

Mi papá es artista.

Luego buscamos Cornualles y vimos que estaba al final de Inglaterra, justo donde se acaba la tierra.

—Iremos aquí —dije y señalé el pedacito del borde—. Donde está el dedo gordo.

—El callo —dijo Lucinda y nos pusimos a reír porque su abuela tiene un callo en el dedo gordo del pie.

—Preocúpate de no caer por el borde —añadió Lucinda y volví a reír para que viera que había entendido el chiste.

Pero entonces, claro, empezó mi preocupación.

Soy Mattie Melodramas.

Pepa Penas.

Fany Figuraciones.

Brenda Bonachona.

Amanda Amarguras.

Flora Fantasiosa.

Tina Terrores.

Penélope Pánicos.

Estrella Estremecida.

Estos son algunos de los nombres con los que me bautiza mi hermano Dontie.

Dontie tiene 11 años y yo tengo 9.

Los cuatro últimos nombres no me parecen justos, porque parece que cuando estoy preocupada lo digo a los cuatro vientos.

No es cierto. Me preocupo en silencio.

Mi hermana V, de 7 años, monta pataletas por muchas cosas, especialmente por temas relacionados con el colegio.

Tengo un hermano pequeño, Stan, de 4 años y también una hermanita de 2, que se llama Anika. Siempre van juntos y por eso les llamamos por el nombre de Stanika, porque nos resulta más fácil.

Mi madre se llama Mona y va a tener otro bebé por Navidad.

De lejos parece una adolescente con cola de caballo. De cerca se la ve un poco cansada. Su barriga ha empezado a engordar, porque el bebé está creciendo, aunque todavía puede llevar vaqueros, que le quedan un poco ajustados.

Mi padre se llama Tim. Es alto y delgado y lleva una pequeña barba que hace cosquillas y le recorre la barbilla de oreja a oreja.

Mis padres son bastante jóvenes, no se parecen a los de Lucinda.

—¡Vaya par de despreocupados! —dice la abuela.

La abuela es la madre de papá.

El abuelo es el padre de papá.

El tío Vesubio es el padre adoptivo de mamá. Es muy mayor.

Jellico es nuestro perro.

Ahora ya conoces a toda mi familia.

—Mattie tiene cabeza de vieja sobre unos hombros jóvenes —dice la abuela, lo cual resulta gracioso si te paras a pensarlo.

Pero no significa que mi cabeza sea como la suya, con moldeado y pelo gris y una cara llena de arrugas en un cuerpo de 9 años.

Significa que asumo las preocupaciones de toda la familia.

Lo cual es cierto.

Alguien tiene que hacerlo.

Añado mi nueva preocupación a la lista de hoy.

 NO DEJES QUE NADIE CAIGA POR EL PRECIPICIO MIENTRAS ESTAMOS DE VACACIONES.

Capítulo 2

Estamos en el andén esperando la llegada del tren y todos llevamos algún bulto, incluso Stanika.

Mamá arrastra una maleta muy grande con nuestra ropa y una bolsa pequeña con ropa extra para Anika.

Papá lleva una enorme bolsa con todas las cosas del *camping*:

1 hornillo de gas
1 hervidor
2 cacerolas grandes

1 sartén
7 platos de plástico
7 cuencos de plástico
7 tazones de plástico
7 cuchillos, tenedores y cucharas
Cuchillos de cocina y cucharones y
otros cacharros
Una linterna
Una gran caja de cerillas
Y una gran alfombra para sentarnos

La bolsa pesa tanto que solo papá puede levantarla. Ni siquiera Dontie puede con ella.

Además, papá tiene que transportar también una tienda enorme.

Cada uno de nosotros, incluso Stanika, llevamos nuestra propia mochila con un saco de dormir y una almohada enrollada en la parte superior. Dentro de las mochilas llevamos comida y bebida para el viaje, dulces de parte de tío Vesubio y sorpresas de la abuela para mantenernos ocupados hasta que lleguemos a Cornualles.

El tren se retrasa e investigamos nuestras sorpresas.

Dontie tiene algunos cómics manga.

—¡Fantástico, abuela! —exclama, zampándose un puñado de caramelos variados.

Encuentro un cuaderno de notas nuevo y un bolígrafo, para usarlos en mis vacaciones, y polvos con sabor a limón de parte de tío Vez.

Stanika tienen cuadernos de dibujo y ceras de colores y mastican caramelos de gelatina.

V ha encontrado un libro titulado *Mitos y leyendas de Cornualles*. Seguramente la abuela ha olvidado que a V no le gusta leer. Hojea las páginas para ver las ilustraciones y lo deja enseguida para abrir la gran bolsa de caramelos de frutas que le ha dado tío Vez.

Dontie acarrea una bolsa de deporte llena de cosas de las que no podemos prescindir durante dos semanas y sujeta la correa de Jellico.

Yo me encargo del bolso de mamá. Contiene todo nuestro dinero y los billetes del viaje.

—Puedo confiar en Mattie para llevarlo —ha dicho mamá.

Me preocupa un poco.

Lo cierto es que me preocupa mucho.

V sujeta una gran bolsa llena de juegos para la playa.

Stan tiene asida de la mano a Anika.

Anika abraza a Peco.

Peco es el desaliñado oso de peluche marrón con el que Anika duerme todas las noches. Lo que pasa es que no es un oso, sino más bien mitad perro, mitad conejo.

Por eso lo llamamos Peco.

—Guardad todo esto —dice mamá—. El tren llegará pronto.

Pero Dontie está distraído con su cómic y V mastica ruidosamente sus caramelos de frutas.

Cuando llega el tren, Jellico salta arriba y abajo y ladra mucho. La gente frunce el ceño. Luego intenta escaparse.

—¡Está asustado! —explico, pero nadie me oye.

—Átalo un momento, Dontie, y ayúdame con el equipaje —pide papá, que está casi sin aliento.

—Los demás subid al tren —dice mamá—. ¡V! ¡Deja de inmediato los caramelos o nos iremos sin ti!

V pega un salto para bajar del banco y sube al tren.

Después vuelve a bajar.

—¿Adónde vas? —chilla mamá.

—Me he olvidado los juegos de playa —dice V.

Papá y Dontie se esfuerzan en subir al tren la bolsa con las cosas para el *camping*.

—¡Daos prisa! —grita mamá cuando el revisor mira el reloj—. ¡Entra, Dontie!

Papá empuja y Dontie tira. Papá da un fuerte empujón y entonces Dontie cae de espaldas con la tienda encima. Por fin. Papá sube al tren y cierra la puerta de golpe. El silbato suena y nos ponemos en camino.

Caminamos por el tren en fila india. Por alguna razón me siento como si fuera una reina. Nos detenemos porque los pasajeros ven a Anika con Peco y sonríen y quieren decirle cosas.

Detrás, V deja caer palas de playa, pelotas,

discos voladores, cubos y rastrillos. Las pelotas ruedan a lo largo del vagón.

Tras ella, mamá arrastra su pesada maleta.

A la cola, papá y Dontie tiran, estiran y remolcan la tienda y las cosas de *camping* por el pasillo.

Finalmente llegamos a nuestros asientos. Papá coloca la tienda y el equipaje grande al final del vagón, y todo lo demás en la repisa del portaequipajes que hay encima de nuestras cabezas. Luego levanta a Anika y hace ver que también quiere dejarla en la repisa y todos los pasajeros del vagón ríen.

—¡Uff! —exclama mamá al derrumbarse en su asiento—. ¡Lo conseguimos! Esperemos no haber olvidado nada.

—Tengo tu bolso, mamá.

—Buena chica —dice—. Sabía que podía contar contigo.

—¡No he olvidado los juegos de playa! —dice V con rapidez.

—Buena chica —repite mamá y V sonríe con orgullo.

Mamá se inclina y hace cosquillas a Anika en la barriga.

—No has olvidado a Peco, chica lista —Anika ríe y todos nos sentamos, contentos los unos con los otros.

Exceptuando a Stan que está muy silencioso. Demasiado, incluso tratándose de Stan.

—¿Ocurre algo, Stanley? —pregunta papá.

—¿Dónde está Jellico? —pregunta.

Capítulo 3

Todos enmudecemos.

—¡Oh, vaya! —dice Dontie blanco como el papel.

—¡Es por mi culpa! —chillo, desecha en lágrimas.

—¿Por qué? —pregunta mamá, sorprendida.

—No he pensado... Tenía que haberlo pensado... ¡No he escrito una Lista de Preocupaciones!

—No seas boba —dice mamá—. Esto no tiene nada que ver con tu Lista de Preocupaciones, Mattie.

—Es culpa de Dontie —declara V.

—¡No, no lo es! —replica Dontie automáticamente.

—Claro que sí. ¡Tenías que encargarte de él! Yo vigilaba los juegos de playa, Mattie el bolso de mamá, y tú a Jellico —puntualizó V.

—Papá me ha pedido que lo atara —Dontie estaba rojo como un tomate—, y luego he tenido que ayudarlo con la tienda, y después... —no sigue porque parece a punto de llorar.

Anika trepa a la falda de Stan que desaparece de la vista con la excepción de dos manos que la sujetan por la cintura.

—No es culpa de nadie —afirma papá—. Deja de llorar, Mattie.

—Pero morirá de hambre debajo del banco, sin comida, durante dos semanas —sollozo—. Y estará muy asustado...

—Llama a tío Vez —dice mamá.

Dontie, contento de sentirse útil, hurga en su mochila hasta encontrar su móvil, que alcanza a papá. Incluso desde aquí puedo escuchar la vieja risotada enronquecida de tío Vez, que es más una tos que una risa. Me hace sentir mejor.

—Solucionado —dice papá, al colgar el teléfono de Dontie—. Va de camino a rescatarlo.

—Como Superman —dice mamá.

Ni siquiera la imagen de tío Vez vestido con una capa, unas botas y unos calzoncillos rojos sobre sus medias azules consigue hacerme reír.

—No te preocupes, Mattie, está a salvo —dice mamá—. Tío Vez se encargará de él hasta que regresemos.

Dontie parece aliviado.

—¿Así que Jellico no puede venir de vacaciones? —pregunto con un hilo de voz.

—Esta vez no —mamá niega con la cabeza.

—Jellico estará triste sin nosotros —la voz de Stan, que proviene de alguna parte de detrás de Anika, suena deprimida.

Stan tiene razón. ¡Jellico deseaba tanto venir de vacaciones! Habría tenido playas por las que correr, el mar para jugar, conejos para cazar. Se lo habíamos contado y nos escuchaba atentamente, con la cabeza inclinada y los amables ojos marrones parpadeando, la lengua colgando a un lado de su boca, pendiente de cada palabra.

Nos echará mucho de menos.

Se me hace un nudo en la garganta. Estoy a punto de llorar de nuevo cuando observo a Dontie mordiéndose el labio y mirando por la ventana, con los hombros caídos a causa del sentimiento de culpa.

Por eso, en lugar de llorar, busco mi nueva libreta de notas y mi bolígrafo en la mochila y en la primera página escribo en mayúsculas y negrita:

LISTA DE PREOCUPACIONES

Luego escribo:

 ¿Habrá mordido Jellico su correa y corrido hacia el tren para intentar alcanzarnos antes de que llegara tío Vez a rescatarlo?

 Si tío Vez ha llegado a tiempo, ¿cómo soportará Jellico dos semanas enteras sin nosotros?

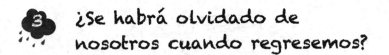 ¿Se habrá olvidado de nosotros cuando regresemos?

Capítulo 4

Cuando vas en tren a Cornualles, los altos edificios grises de la ciudad desaparecen enseguida porque dan paso a casas con jardín, luego a campos verdes con vacas y ovejas. Es un viaje muy, pero que muuuy largo.

Finalmente, cuando ya vas pensando que no llegarás nunca, llegas a un puente alto y grande por el que pasa el tren y, si miras por la ventanilla, puedes ver centenares de botes en el río que pasa por debajo.

Detrás, queda toda Inglaterra.

Delante, está Cornualles.

Después de cruzar el puente que lleva a Cornualles, todavía falta mucho para que el tren llegue al final, al dedo del pie, ¡al callo!

—Dos horas más —dice mamá—, y habremos llegado.

—¡Dos horas! ¡Eso son 120 minutos! ¡7.200 segundos! —dice V, que es buena en matemáticas.

Según el libro de V, Cornualles es un reino mágico separado del resto del mundo por un gran foso, y está repleto de gigantes y sirenas y extraños seres parecidos a los duendes. Leo párrafos en voz alta.

—¡Vaya estupidez! —dice V y pone los ojos en blanco.

Stanika duermen. Papá y mamá también.

Así pues, me pongo a leer los cómics manga de Dontie, termino mis caramelos, juego a tres en raya con V, y a continuación canto: «El barquito chiquitito», «En el coche de papá» y «Veo veo» con Stanika, que ahora ya se han despertado, y después escribo más cosas que me preocupan en mi nueva libreta de notas.

Esto es lo que añado a mi Lista de Preocupaciones:

 ¿Se acordará tío Vez de regar cada noche nuestras hortalizas?

 ¿Perderemos algo más antes de llegar? ¿Por ejemplo, los juegos de playa, la tienda, a Stanika?

¿Sabremos encontrar Sunset Farm?

 ¿Seremos capaces de montar la tienda? (Oí cómo papá lo hablaba con el hombre a quien la compró y no parecía fácil.)

 ¿Mando la postal de Lucinda a su casa o al Continente?

Y ahora, ¿qué hago?

—¿Falta mucho, mamá?

Mamá abre los ojos y mira el reloj.

—Una hora más, Mattie —dice y vuelve a cerrar los ojos.

—¿Cuántos segundos hay en una hora? —le pregunto a V.

—Sesenta veces sesenta... 3.600 —dice sin inmutarse.

Empiezo a contar.

Hacia atrás.

Entonces me duermo.

¡Cuando despierto, ya casi hemos llegado!

Es realmente mágico, porque se puede ver una isla en el mar y ¡en la isla hay un castillo! Stanika, V y yo pegamos nuestras caras a la ventanilla.

—¿Es allí adonde vamos? —pregunta V, excitada.

—No, no lo creo —dice mamá, seleccionando la información que le enviaron—. No creo que el lugar esté cerca de algo tan impresionante como esto. Me pregunto cómo debe de llamarse esta isla.

—Es el monte de St Michael —informa una señora mayor, mofletuda como un *muffin* y con ojos como arándanos, sentada al otro lado del pasillo con su marido. Me recuerdan a tía Etna y tío Vesubio. Hace tres años que tía Etna murió y ahora tío Vez vive solo y fuma bolígrafos en lugar de cigarrillos.

El hombre mira con ojos sonrientes a Stanika y V.

—Dicen que en el castillo vive un gigante desde hace muchísimos años.

—¿Todavía vive allí? —pregunta Stan.

—Los gigantes no existen —se burla V.

—¿Seguro? —dice el hombre frunciendo el ceño, como si V no supiera de qué está hablando—. Bien, tal vez. Solo sé lo que me contaron.

—¿Qué le contaron? —insiste V.

—No molestéis al señor —dice mamá, sonriendo—. Vamos V, prepara tus cosas. Casi hemos llegado.

Pero nadie quiere moverse hasta oír la historia, ni siquiera Dontie.

Capítulo 5

—Hace mucho tiempo había un gigante llamado Cormorán —explica el hombre—. Era un mal tipo. Muchas veces llegaba a tierra vadeando y robaba vacas y ovejas a los granjeros de los alrededores. Se los comía en el desayuno, con un par de huevos fritos y unas cuantas setas. Al final la gente acabó hartándose de él. Un día se presentó un muchacho valiente llamado Jack, que tenía un plan. Remó hasta la isla de noche y excavó un pozo muy hondo mientras Cormorán dormía profundamente. Luego, a la salida del sol, sopló junto a la oreja del gigante con un

ruidoso cuerno. Cormorán se despertó rugiendo enfadado, dio un salto y empezó a perseguir a Jack. Pero estaba cegado por el sol y entonces cayó de cabeza en aquel condenado pozo. Y aquello significó su final.

—¡Claro! —dice V, pero su voz ya no suena tan segura.

Stanika observan al hombre con ojos como platos.

—¿Murió? —pregunta Stanley entristecido.

—No, guapo —dice la señora, con una voz tan cálida y reconfortante como el chocolate caliente—. Es solamente una vieja leyenda. No hagas caso de sus estúpidos cuentos. ¡Alfred, conseguirás que estos niños tengan pesadillas!

—¿Qué es una leyenda? —pregunta V.

—Un cuento fantástico.

—¿Veis? ¡Sabía que lo había inventado! —dice V triunfalmente—. Aunque es una buena historia —admite.

—Oh, no la he inventado yo —replica Alfred—. Hace mucho tiempo que esta historia circula por aquí.

—¡Más que nosotros! —dice la señora.

—Me parece que nada de lo que hay por

aquí es más viejo que nosotros —dice Alfred y los dos se ríen.

Suena igual que el sonido de la matraca que tío Vez conserva todavía de los viejos tiempos y todos nos sumamos a la risa, sin poderlo remediar.

—Será mejor que bajemos del tren —interrumpe papá, reuniendo nuestro equipaje—, antes de que nos lleve de regreso a casa.

—¿Dónde se alojan? —pregunta Alfred.

—En Sunset Farm —dice papá—. En Trevowan.

—Tomen el autobús N° 7, fuera de la estación. Les llevará casi una hora llegar allí.

—¡No imaginaba que estaba tan lejos! —gruñe mamá.

Bajamos del tren y papá va a buscar un carrito para cargarlo todo y coloca encima a Stanika. Pronto estamos sentados sobre nuestras bolsas fuera de la estación, esperando el autobús y comiendo galletas. Alrededor de nuestros pies, las gaviotas arquean sus lomos y chillan enfadadas mientras luchan por nuestras migas.

—Huelo el mar —anuncia V.

—Noto su sabor —digo sorprendida, lamiéndome los labios.

—Es la sal del aire —explica mamá—. Dios mío, estoy rendida. Necesito echarme.

—Ya no tardaremos —dice papá.

Un viejo y destartalado coche sale del aparcamiento y se detiene a nuestro lado. Alfred baja la ventanilla y su esposa saca la cabeza y nos saluda.

—Que tengáis unas buenas vacaciones —dice.

—¡Gracias! —coreamos.

—Saludad de mi parte a mi viejo amigo Ted —pide Alfred.

—¿Quién es Ted? —pregunta Dontie.

—El propietario de Sunset Farm. Conoce unas cuantas historias. Pedidle que os cuente algo sobre los duendes y los elfos de Cornualles.

—Y sobre los enanos de las minas —añade su esposa.

—¿Qué son los enanos de las minas? —pregunta V, pero llega tarde, Alfred y su esposa se han marchado, dando tumbos hacia la calle principal, dejando una estela de humo por el tubo de escape.

—Están en tu libro, V —digo, y lo saco de mi mochila. Se lo había dejado en el tren.

—Ah, estos —dice con desdén—. Son aburridos.

Mamá frunce el ceño mirando a papá y mueve la cabeza. Está enfadada con V porque no quiere leer.

Entonces llega el autobús y todos nos amontonamos en su interior.

Capítulo 6

El autobús N° 7 avanza lentamente por las empinadas calles de la ciudad. En un lado del camino las tiendas están a nivel de calle, pero en el otro están encaramadas en lo alto y hay que subir unos elevados escalones para llegar a ellas.

—¿Cómo se las arreglan con un cochecito? —advierte mamá.

—¡Mirad! —exclamo—. ¡Hay una librería llamada «El fin del mundo»!

Recuerdo mi preocupación. **NO DEJES QUE NADIE CAIGA POR EL BORDE.**

Todavía no estamos en el borde. El autobús sigue rodando fuera de la ciudad hacia el campo.

Circula por la estrecha y serpenteante carretera separada de los campos de vacas por una pared de piedra cubierta de musgo y hojas y salpicada de florecillas. La piedra gris surge en algunos lugares como un rostro asomándose a través de un flequillo despeinado.

Casi no se ve a nadie.

De vez en cuando un coche que viene en sentido contrario se aparta hacia la cuneta para dejarnos paso.

En ocasiones, el conductor de nuestro autobús saluda y sigue adelante.

A veces se detiene y asoma la cabeza por la ventanilla para charlar con el otro conductor.

Mamá suspira.

Una señora se apea junto a una vieja capilla.

Un hombre baja cerca de un *pub*.

Una madre con su bebé en brazos desciende delante de una hilera de casitas.

Todo el mundo la saluda.

En el autobús solamente quedamos nosotros y el conductor.

—No debe de quedar muy lejos —dice papá y frota la espalda de mamá.

Entonces el autobús empieza a circular a paso de tortuga.

—¿Qué ocurre ahora? —pregunta mamá.

Un tractor ha salido de un campo situado frente a nosotros, al final de una escarpada colina.

—¡Vaya lata! —exclama papá.

—¿No hay prisa, verdad? —pregunta el conductor.

—En realidad, no —responde papá—. Estamos de vacaciones.

—Lo suponía.

—Espero que lleguemos antes de que

oscurezca para montar la tienda —se lamenta mamá.

—Relájese, señora —dice el conductor—. Ahora vive al ritmo de Cornualles.

—¿Qué es el ritmo de Cornualles? —pregunta V.

—Disponer de todo el tiempo del mundo —dice el conductor y se detiene para charlar con otro conductor.

—Dios mío —suspira mamá sin fuerzas y se mueve incómoda en su asiento—. Ahora entiendo por qué cuesta tanto llegar.

Pobre mamá. Creo que es duro permanecer mucho tiempo quieta con un bebé en la barriga.

El conductor pone en marcha de nuevo el autobús y señala el tractor que desaparece sobre la colina.

—Lleva nuestro camino.

—¿Va a Sunset Farm? —pregunta Dontie.

—Sí. Es Ted, que se dirige a casa a cenar.

El autobús asciende por la colina y empieza a ahogarse. Al llegar arriba, se detiene con un chisporroteo y un temblor. Miro ansiosa a mamá, que tiene los ojos cerrados y murmura unas palabras en silencio.

En realidad soy bastante buena leyendo los labios y me alegra que no pronuncie en voz alta esas palabras.

—¿Se ha estropeado? —pregunta Dontie.

—Estará bien dentro de un minuto. Siempre hace lo mismo. ¿Es bonito, no?

Nos levantamos para mirar y ahora somos nosotros los que nos quedamos sin respiración. Parece un cuadro pintado por papá utilizando todos los colores de su paleta.

Ante nuestros ojos se extienden retazos de campos verdes, marrones y amarillos, salpicados de vacas negras y blancas, y la carretera va discurriendo entre ellos hasta el borde del acantilado, como si fuera una cinta de plata.

Más allá está el océano Atlántico, gris como una boca de cañón.

Encima hay un cielo amoratado, púrpura y carmesí, manchado de azul con la bola del

sol encendida de rojo preparada para caer del cielo al mar gris de acero, gris de foca.

Cerca del borde del precipicio, contra el sol poniente, se ve la silueta de una gran rueda y una torre con un montón de chimeneas.

—¿Qué es aquello? ¿Un parque de atracciones? —pregunta Dontie.

—Es la vieja mina de estaño. Hace unos cien años ocurrió un gran desastre allí. La cerraron hace unos cuantos años.

Al lado de la mina hay varios edificios con un par de tiendas alrededor.

—¿Es allí? —pregunto—. ¿Es Sunset Farm?

—¡Ajá! —dice el conductor, y suelta el freno de mano para dejarse llevar colina abajo, ganando velocidad a medida que bajamos.

Los ojos de mamá se abren alarmados mientras nosotros gritamos de alegría.

¡Por fin hemos llegado!

Capítulo 7

Me encanta Sunset Farm. Hace solamente dos días que hemos llegado y es como si hubiera vivido aquí durante años.

Me gustaría vivir aquí.

Mamá al principio no estaba segura.

Cuando vio la zona de la cocina, dijo:

—¡Es un poco básica!

Cuando vio las duchas, dijo:

—¡Es un poco primitivo!

Cuando vio los aseos dijo algo muy grosero.

Papá tuvo algunas dificultades para montar la tienda. En realidad, muchas dificultades.

V dijo que no quería dormir en ella, porque había visto entrar una araña. Dontie dijo que allí no había nada para divertirse y mamá descubrió que había olvidado la bolsa con las cosas de Anika en el autobús.

Para colmo, empezó a llover.

—¡Lo que faltaba! —protestó mamá—. Mañana por la mañana regresamos a casa.

Era como si se hiciera realidad toda mi Lista de Preocupaciones.

Entonces llegó una furgoneta de *fish and chip* y cenamos en el interior de la tienda, que Ted había logrado montar. Me gustó oír la lluvia golpeando la lona mientras estábamos dentro, a gusto y secos.

Papá sacó el pijama de repuesto de *Buzz*

Lightyear de Stanley para Anika, que le quedaba perfecto, y los metió, a ella y a Stanley, en sus sacos de dormir. Después, colocó a mamá en su saco junto a ellos.

—¿Puedo acostarme? —preguntó V, que estaba deseando estrenar su saco de dormir nuevo.

—Tengo una idea —dijo papá—. ¿Por qué no nos acostamos todos?

Así pues, Dontie, V, papá y yo nos metimos en nuestros sacos y, por una vez, nos dio igual no limpiarnos los dientes, porque estaba lloviendo a mares.

Nos acostamos en fila, con Stanika en el centro, mamá junto a Anika, V junto a mamá, yo junto a V y, en el otro extremo, papá junto a Stanley y Dontie junto a papá.

—¡Como una lata de sardinas! —dijo papá y todos nos reímos.

Nos pusimos a dormir en la tienda, caliente y cómoda, que olía a sal y vinagre mientras la lluvia golpeaba fuera.

Por la mañana había parado de llover. El día era claro y soleado y desayunamos encima de la hierba, que todavía estaba un poco mojada. Ted nos trajo unos cuantos huevos recién puestos por las gallinas, que picoteaban alrededor de la granja. Poco después llegó el autobús dejándose llevar por la pendiente y el conductor bajó y entregó a mamá la bolsa con las cosas de Anika.

—La olvidó en el autobús —dijo.

—Lo sé —respondió mamá—. Gracias.

—Bonito día —dijo él.

—Sí —dijo mamá y se dirigió a los aseos para limpiarlos bien.

Después bajamos a la playa.

Al final del día, mamá había olvidado que quería regresar a casa.

Capítulo 8

Me gusta hablar con Ted. Me recuerda a tío Vesubio. Ha vivido aquí durante años. Toda su vida.

Nació en Sunset Farm, y su padre antes que él, y su abuelo y su bisabuelo...

—Creo que mi familia se remonta al siglo XVII —dice Ted, quitándose el sombrero para rascarse la cabeza.

Es divertido pensar en una línea completa de Teds estirándose hacia el pasado. Todos ellos delgados y envejecidos por el tiempo, con ojos entrecerrados y arrugados y grandes manchas marrones del sol en sus brazos.

Y también una línea completa de Teds estirándose hacia el futuro. Ted tiene tres hijos y tres hijas, todos mayores, y cuatro nietecitos, uno de los cuales se llama Ted.

—¡Tres chicos y tres chicas! —sonríe mamá y acaricia su barriga, pensativa—. Puede que como nosotros.

Ted la observa.

—Me parece que tiene razón. Creo que será un niño.

—¿Cómo puedes saberlo? —pregunto.

—La práctica. Siempre sé si va a ser una vaquilla o un ternero.

—¡No soy una vaca! —dice mamá indignada.

Ahora ya sé que voy a tener un hermanito.

—Ted puede equivocarse, Mattie —dice mamá más tarde—. No puede saberlo solo con observar.

Ted puede.

Ted lo sabe todo.

Ted sabe ordeñar a las vacas y hacer queso.

Ted sabe cómo mantener las gallinas a salvo del astuto zorro.

Ted sabe alimentar con una botella de leche a los corderos recién nacidos que han perdido a sus madres.

Ted conoce los nombres de cada una de las flores de los campos y los setos.

—¿Qué pasa con las malas hierbas? —pregunta V.

—No existen las malas hierbas —dice Ted—. Una mala hierba solo es una flor en el lugar equivocado.

Ted es la persona más sabia que conozco.

Nos deja dar de comer a las «coo-coo-coo» con él.

Llamamos «coo-coo-coo» a las gallinas, porque emiten este sonido cuando cacarean. Nosotros también lo hacemos cuando les echamos la comida. Vamos diciendo: «Coo-coo-coo, coo-coo-coo, coo-coo-coo», mientras andamos por el patio y las «coo-coo-coo» corren tras nosotros, aleteando.

—¿Dónde está tu esposa, Ted? —pregunto, y me arrepiento enseguida, porque se pone triste.

—Se fue.

«Se fue» es un eufemismo. Lo estudiamos en clase de lectura. Es una forma suave de decir que una persona murió.

Tía Etna murió.

Tío Vez dice que «se fue a los pastos frescos».

La abuela dice que «se marchó a un lugar más cómodo».

Dontie dice que «estiró la pata».

Todas estas frases también son eufemismos.

—Me preocupa que las personas se mueran —confieso a Ted.

—No pierdas el tiempo preocupándote por eso.

—No puedo remediarlo. Me preocupa todo.

Le cuento que escribo una Lista de Preocupaciones.

—¿Por qué no dejas descansar la lista mientras estás de vacaciones, Mattie? —dice y esparce maíz alrededor de Stanika, para que las gallinas picoteen los dedos de sus pies.

Los dos ríen.

—Hace cosquillas —dice Anika, que aprende una palabra nueva todos los días.

—No puedo.

—Claro que puedes. Guárdala en tu mochila y olvídala.

Eso es lo que hago e inventamos una canción sobre ello.

Es igual que una que canta tío Vez y que se titula: «Guarda tus problemas en tu vieja bolsa y sonríe, sonríe, sonríe».

La nuestra lleva por título: «Guarda tus preocupaciones en tu vieja mochila». Es así:

Guarda tus preocupaciones en
tu vieja mochila
y sonríe, sonríe, sonríe.

Guarda tus preocupaciones en
tu vieja mochila
y olvídate de ellas.
¿Por qué preocuparse?
No merece la pena.

**Guarda tus preocupaciones en
tu vieja mochila
y sonríe, sonríe, sonríe.**

Es una canción magnífica. Pronto nos aprendemos las palabras y ¿sabes? Funciona.

Ya no estoy nada preocupada.

Sin embargo, hay algo que no puedo evitar desear.

Me gustaría que Jellico también estuviera aquí.

Le encantaría estar con nosotros en Sunset Farm.

Capítulo 9

—¡Ted! —V y yo corremos hacia el tractor que entra en el patio de la granja—. Háblanos de los duendes de Cornualles.

—Y de los elfos y los duendes de las minas —pide V.

He estado leyendo los mitos y leyendas de Cornualles a Stanika, y V estaba escuchando a pesar de que dice que los libros son aburridos.

Ted baja del tractor y sube a Stanley al asiento del conductor.

—¡Yo! ¡Yo! —chilla Anika y también la sube.

—¿Por qué queréis saberlo? —pregunta.

—Alfred dijo que nos lo contarías —dice V.

—Bueno, son parte del folclore fantástico —dice y se sienta en el murete.

V y yo nos sentamos a su lado. Dontie hace una mueca.

—¡Hadas! —exclama, y sigue jugando al fútbol con las gallinas.

No puedo evitar darme cuenta de que también aguza el oído. Incluso papá, que pinta un cuadro de la cerda Greta, deja el pincel y escucha a Ted.

—Los duendes eran unos seres mágicos amigables que se trasladaban en caracoles.

—¡Caracoles! —exclama V, tomando uno del suelo y examinándolo—. ¡Debían de ser diminutos!

—Lo eran —admite Ted.

—¿Y qué eran los elfos?

—¡Oh, los elfos! —dice Ted haciendo una mueca—. Unos pillos pequeñajos y feos. No os gustaría conocerlos. Eran malos tipos.

—Sí nos gustaría —dice Dontie, levantando la cabeza—. Háblenos de los elfos. ¿Por qué eran malos tipos?

—Provocaban tornados y tormentas para echar a perder las cosechas.

—¿Eso es todo? —dice Dontie, decepcionado.

—No. También robaban bebés de las cunas.

—¡Horrible! —dice Dontie satisfecho.

Stanley abraza con fuerza a Anika.

Mamá acaricia su barriga en señal de protección.

—Se trata solo de una leyenda —añade Ted con rapidez—. No es cierto.

—¿Quiénes eran los duendes de las minas? —pregunto, aunque ya no estoy segura de querer saberlo.

Puede que incluso fueran peores que los elfos.

—Los duendes de las minas eran unos pequeños seres que guardaban las minas de estaño. Antes había muchas minas por aquí.

—¿Eran malos? —pregunta Dontie.

—No, si compartías la comida con ellos —dice Ted—. Entonces te cuidaban. Los mineros acostumbraban a desmigar trozos de empanada para ellos.

—¿Por qué?

—Para estar protegidos en las minas. Los granjeros se aseguraban de que quedara algo para ellos al final del día.

—¿Por qué?

—Para obtener una buena cosecha. Siempre deberíais procurar que quedara algo para los duendes de las minas, para tenerlos de vuestro lado.

—¿Tú lo haces, verdad?

—No —ríe Ted.

—Sí que lo haces, lo he visto. Cada noche dejas algo de comida en el cuenco de la puerta trasera.

Todos miramos el cuenco que ahora está vacío.

—Son sobras para los perros —dice Ted.

Pero no lo creo.

Esa tarde papá y Dontie van a la ciudad a comprar *pizza* como algo especial para la cena del viernes. Regresan con una margarita, una de queso y piña y una Fiorentina, mi preferida. Dontie y yo compartimos la Fiorentina y esta vez me toca el huevo frito del centro.

Pero esta noche, aunque tengo el mejor trozo con el huevo y se me hace la boca agua solo de pensarlo, escondo la última porción en mi saco de dormir.

Cuando está oscuro y estoy segura de que todo el mundo duerme, la recupero.

No me la como.

VALE, la lamo un poco, nada más. En realidad, está un poco fría y dura como una suela de zapato, ya no está muy rica. Entonces gateo como un espía hasta la puerta de la tienda.

Lenta, muy lentamente, para no hacer ningún ruido y no despertar a nadie, abro la cremallera de la tienda solo lo suficiente para empujar la *pizza* al exterior.

Pido un deseo.

A la mañana siguiente, la *pizza* ha desaparecido.

Capítulo 10

La playa que hay bajo el *camping* es fantástica. Se pueden hacer muchas cosas. Cuando la ves desde la cima del acantilado parece desierta, pero cuando bajas por el sendero y empiezas a investigar, resulta que está llena de vida.

Siempre hay algo nuevo que investigar. Lo primero que notas son los pájaros. Gaviotas que hacen sus nidos en los salientes de la roca y se pasan todo el día graznando.

—¿Puedo escalar para verlas de cerca? —pregunta Dontie una mañana.

—No —dice papá—. Las molestarías. Dios mío, ¿habéis visto eso? ¡Mirad, ahí viene otro!

Observamos cómo un pájaro blanco como la nieve y con las puntas de las alas negras se zambulle en el mar como un rayo. A continuación otro cae en picado como un ascensor en un pozo.

—Me pregunto cómo se llaman —comenta mamá.

—Creo que deben de ser alcatraces —declara papá.

—¿En serio? —pregunto sorprendida—. ¿Como V?

A veces la abuela llama alcatraz a V porque es glotona. No imaginaba que un alcatraz fuera un ser vivo.

—Ted sabrá qué son —señala mamá.

—¡Vamos a preguntárselo! —digo, así

que V y yo ascendemos de nuevo por el sendero para buscar a Ted.

Está limpiando la pocilga. Huele mal y no nos ofrecemos a ayudar, nos limitamos a apoyarnos en la pared y le lanzamos preguntas mientras Greta anda buscando en el fango. Greta se llama así por Greta Garbo, la actriz preferida de Ted en las antiguas películas en blanco y negro, y también está embarazada, como mamá. Me refiero a la cerda, no a la actriz, que creo que ha muerto.

Después, volvemos a bajar a la playa.

—Ted dice que los pájaros son alcatraces y pueden ver peces en el mar desde los 30 metros de altura —informo.

—¡Tienen buena vista! —papá monta su caballete para pintar.

—Ted dice que las gaviotas son gaviotas argénteas y las crías piden alimento picoteando un punto rojo en el pico de su madre. Entonces sus madres regurgitan su propio alimento a sus bocas.

—Se ahorran la compra, la cocina y el lavado —observa mamá mientras desenvuelve nuestro *picnic*—. Me gustaría ser una maldita gaviota. ¡Vamos, alcatraces! Hora de comer.

Dontie había explorado una de las grandes y oscuras cuevas que se adentran en las profundidades del acantilado.

—Ted afirma que estas cuevas conducen a la vieja mina de estaño que hay encima del acantilado —comento, cuando mamá me tiende un bocadillo de queso y tomate.

—Tened cuidado —dice mamá—. Podríais perderos.

No quiero jugar en las cuevas. Son oscuras y dan miedo. Prefiero jugar con Stanika en las pozas de la marea que hay entre las rocas.

—¿Me oyes, Dontie? —pregunta mamá, pero Dontie tiene la boca llena.

Estamos sentados en la playa comiendo nuestros bocadillos.

—Ted dice que las conchas pegadas a las rocas son lapas y que están vivas y se alimentan de algas.

—Se parecen a los caracoles —señala mamá.

—Los caracoles no comen algas —remarca Dontie.

—Ted dice que los duendes de Cornualles se desplazan encima de los caracoles.

—¿Lo hacen? —pregunta mamá y parece un tanto aburrida.

—Ted dice que si observas las pozas de las rocas puedes ver pequeños cangrejos, o gambitas, o un erizo de mar e incluso una estrella de mar.

—Eres un enano —le dice Dontie a Stanley.

—Y tú, un duende de las minas —replica Stanley y todos nos reímos, incluso Anika, que es demasiado pequeña para entender la broma.

A lo largo de la línea de la costa veo grandes matas de algas.

—Ted dice que puedes predecir el tiempo que va a hacer por las algas. Ted dice:

Cuando el alga está seca,
un buen sol lucirá.
Pero si está mojada
hay lluvia asegurada.

—¡Dios santo! —interrumpe mamá—. Ted dice muchas cosas, ¿no?

—Solo si se le pregunta —explico.

Después de comer vagabundeamos por la playa. Escribo en mi libreta las cosas raras que encuentro para preguntar a Ted qué son. Papá las dibuja al lado de mis notas.

Esto es lo que he encontrado:

1. Una concha que parece un cucurucho de helado
2. Una cosa amorfa como de gelatina
3. Una concha que parece una empanadilla
4. Unas cosas esponjosas

Las muestro a mamá.

—Son bonitas —dice y se echa de espaldas para tomar el sol.

Su barriga ya no es plana. El nuevo bebé la empuja un poquito.

—Humm —mueve dichosa los dedos de los pies—. Es perfecto.

Me echo a su lado y también muevo los dedos de los pies. Me encanta estar aquí.

Pero mamá se equivoca. No es perfecto por completo.

Es como si una nube en el cielo tapara el sol.

Es como cuando Lucinda tiró pintura por error en mi mejor dibujo.

Es como mi puzle de 1.000 piezas de Australia sin el Uluru.

Porque falta *algo*. Algo con suaves ojos marrones, pelo desaliñado y cola.

Por eso ayer por la noche guardé mi pedazo de *pizza* y lo dejé fuera de la tienda.

Para los duendes de las minas.

Si alguien puede ayudarme, son ellos.

En algún lugar encima de nuestras cabezas, un perro ladra con insistencia. Todos miramos hacia arriba.

En la cima del acantilado una figurita saluda y un gran perro desaliñado baja por el sendero en desbandada, agitando la cola de lado a lado como un limpiaparabrisas peludo.

No puede ser.

No me lo creo.

¡Es cierto!

—¡Jellico! —chilla V, y todos nos ponemos en pie de un salto.

¡Ha funcionado!

Capítulo 11

Ahora que Jellico vuelve a estar con nosotros, prácticamente vivimos en la playa. Le encanta. Se pasa el día persiguiendo gaviotas y ladrando a las olas.

Tío Vez dijo que el pobre Jellico se consumía pensando en nosotros. Lo imaginaba.

—No le apetecía comer —dice tío Vez soplando su bolígrafo—. Os echaba de menos.

Yo también le echaba de menos. Solo que ahora que está con nosotros, echo de menos a Lucinda. Sin embargo, no he dejado de comer.

Me gusta vivir en la granja. Me gusta dormir en la tienda y dar de comer a las gallinas, y rascar el lomo de Greta, y no me importan las duchas templadas y los aseos sucios, aunque no quiero ir sola cuando oscurece.

Echo de menos a alguien con quien hablar, jugar, una amiga. Los hermanos y hermanas están bien, pero no es lo mismo.

Todo el mundo necesita un amigo. Incluso tío Vez ha encontrado uno.

—Hace siglos que no había estado en Cornualles —señala tío Vez—. Ahora que estoy aquí puede que busque un lugar para pescar.

—Estás en el lugar correcto, muchacho —dice Ted, aunque tío Vez hace muchísimo tiempo que dejó de ser un muchacho.

Ted le presta una caña y un cubo, y tío Vez encuentra una roca adecuada en la que sentarse.

—Parece un gnomo con la caña —observa Dontie.

—Ssssh —le riñe mamá—. Dontie, no seas maleducado.

Después de esto, la descubro riendo a escondidas con papá.

—No pescará nada —dice Dontie.

Se equivoca. Cada vez que trepamos a las rocas para ver cómo le va, tío Vez ha pescado otro pez. Sin embargo, solamente se queda con los que son suficientemente grandes para comer y devuelve los otros al mar.

Más tarde, Ted baja a ver cómo le va.

—¡No está mal! —dice, asomándose al cubo—. Para un principiante.

Tío Vez se echa el sombrero hacia atrás y se percibe una línea marcada en el lugar en el que estaba el sombrero. Sobre la línea, su frente es blanca. Debajo, su rostro es rojo intenso.

—Calculo que hay suficientes para una barbacoa —dice orgulloso—. Esta noche prepararemos una barbacoa en la playa.

—Buena idea —dice Ted—. Me apetece mucho comer caballa.

Recogemos madera mientras papá busca unas buenas piedras para montar la barbacoa y tío Vez destripa el pescado. Jellico y las gaviotas se encargan de engullir los restos.

Mamá va a la ciudad en el autobús y regresa con un paquete de panecillos, un botellón de sidra para los hombres, zumo de naranja para nosotros y un gran pastel de chocolate de postre.

—Está oscureciendo —dice V.

Entonces Ted enciende el fuego, que pronto prende y resplandece. La madera chisporrotea y crepita cuando el aceite del pescado gotea encima. Largos dedos de luz parpadeante se arrastran sobre la arena suave y oscura.

El pescado se asa con rapidez.

—¿Quién quiere una gran hamburguesa de caballa? —pregunta papá mientras saca del fuego trozos de pescado y nos los sirve dentro del pan crujiente.

Mamá me tiende uno. Dudo.

—¿Qué pasa si no me gusta? —pregunto llena de preocupación.

—Pruébalo y verás —me dice.

Lo huelo.

Lo lamo.

Lo mordisqueo.

Lo devoro todo.

—¡Es exquisito! —digo.

—Lo más exquisito que he comido en mi vida —admite mamá, chupándose los dedos.

—Más exquisito y más excelente —suspira papá.

—Más exquisito, más excelente y para extasiarse más —sigue Dontie.

—Más exquisito, más excelente, para extasiarse más y más embelesador —dice tío Vez, percibiendo lo gracioso del juego.

—Más exquisito, más excelente, el bocado que más embriaga, estimula y embelesa las papilas gustativas —prosigue Ted.

—¡Guau! Ted es bueno para estos juegos.

A nadie se le ocurre otra palabra adecuada que empiece por «e».

—Has ganado —dice tío Vez.

Mamá corta el pastel de chocolate en grandes trozos y lo reparte.

—¿Qué pasa si no me gusta? —dice Dontie con voz de niña, imitándome.

—¡Me lo comeré yo! —responde papá y se lo quita.

Dontie da un salto y ambos luchan hasta que mi hermano se las apaña para recuperar su pastel, ahora cubierto de arena, y se lo mete en la boca.

—¡Vosotros dos, parad! —dice mamá, pero no lo dice en serio.

Es mágico estar en Sunset Farm junto al fuego, bajo el cielo nocturno.

Sobre nuestras cabezas pende una luna luminosa y brillante, como una lámpara colgando de un techo de estrellas, iluminando el mar gris y plateado. Las olas rompen suavemente en la orilla.

Me doy la vuelta. Detrás, imponentes, los altos acantilados acechan con sus cuevas oscuras y ocultas.

Siento un escalofrío.

—¿Tienes frío? —pregunta mamá y me acerca a su cálido cuerpo.

—No —pero extiendo las manos hacia el calor del fuego y me quedo en silencio.

—Ha pasado un ángel —dice Ted, y lo miro sorprendida antes de mirar de nuevo por encima de mi hombro.

—No te preocupes, Mattie —dice mamá—. Solo se trata de una expresión. No hay nadie allí.

Se equivoca.

Había alguien. Un chico. Lo he visto. Junto a las cuevas. Nos observaba.

Ahora ya no está.

Capítulo 12

Por la noche, se ha levantado viento y ha empezado a llover. Puedo oír los fuertes ronquidos de tío Vez en la pequeña tienda acampada junto a la nuestra. Fuera, Jellico gimotea.

Papá se levanta para dejarlo entrar. Me protejo con el saco de dormir mientras se sacude para secarse y después se coloca a mis pies. Nadie se mueve. Papá sale para asegurarse de que todo está bien. Percibo su linterna a través de la lona y noto que golpea las clavijas de la tienda para que queden bien sujetas en la tierra.

—¡Menudo vendaval! —murmura al entrar.

—¿Estamos seguros, papá? —digo en un murmullo.

—A salvo como en casa. Vuelve a dormir.

—No te preocupes, Mattie —oigo la voz adormilada de mamá—. Estás a salvo aquí.

No estoy preocupada. Es agradable dormir acurrucados todos juntos dentro de la tienda, con Jellico calentándome los pies como la manta eléctrica de la abuela, mientras la lluvia azota en el exterior.

Entonces pienso en aquel chico que nos observaba en la playa y me pregunto si habrá encontrado algún lugar donde protegerse de la lluvia. Y aunque sé que debe de estar metido en la cama, a gusto y calentito, a pesar de todo empiezo a preocuparme.

Al final, a hurtadillas sacó mi libreta de notas de la mochila.

En la oscuridad garabateo:

LISTA DE PREOCUPACIONES

 ¿Está bien aquel extraño chico?

Finalmente me duermo.

Por la mañana, el cielo todavía está gris. Ted nos trae unos huevos frescos para el desayuno.

—¿Qué vais a hacer hoy?

—Creo que esta mañana tomaremos el autobús hasta la ciudad para realizar unas compras —dice mamá.

—¿Tenemos que ir? —Dontie pone mala cara.

—Puedes quedarte si quieres —acepta mamá—. Cuida de Jellico.

El rostro de Dontie se ilumina.

—¿Puedo también? —pido de pronto.

Mamá me mira sorprendida.

—¿No quieres venir a dar una vuelta, Mattie? ¿Escoger unas postales? ¿Comprar algún recuerdo?

Estoy indecisa.

Quiero enviar una postal a los abuelos y a Lucinda. Quiero comprarles unos regalos.

Pero también quiero bajar a la playa y comprobar si el chico está bien.

—Déjala que se quede, si ella lo prefiere —dice Ted—. Estoy aquí si necesita cualquier cosa.

—Yo también —afirma tío Vez.

—De acuerdo —acepta mamá por fin—. No tardaremos.

Pero tardan. Les cuesta muchísimo prepararse para irse. E incluso cuando se marchan, tengo que seguirles hasta la parada del autobús, porque me doy cuenta de que se han olvidado a Peco.

—¡Voy a ver si los alcanzo! —grito a Ted y a tío Vez, que están charlando en el patio cuando paso a toda velocidad por delante de ellos.

Después espero con los demás hasta que llega el autobús. Me saludan desde la ventana trasera. Cuando el autobús desaparece de mi vista, regreso a la granja, sintiéndome mayor.

No se ve a nadie. Ni a Dontie, ni a tío Vez, ni a Jellico, ni a Ted. Solo unas cuantas gallinas picoteando en el patio en busca de maíz, una cuerda repleta de ropa tendida y Greta buscando comida en su pocilga.

Todos han desaparecido. Es bien raro.

Entonces caigo en la cuenta. Tío Vez y Ted habrán pensado que al final he cambiado de idea y he corrido a alcanzarles para tomar el autobús hacia la ciudad.

Por primera vez en mi vida, estoy sola. Miro el cielo que todavía está cubierto y me parece que lloverá de nuevo.

No me importa. Voy a bajar a la playa.

Capítulo 13

La cueva está desierta. No se ve un alma alrededor, ni siquiera una gaviota.

Hay marea baja y la arena parece recién lavada por la lluvia. Incluso las pozas de las rocas parecen vacías, aunque sé que no es así.

Miro hacia la cima del acantilado. No se ven gaviotas revoloteando y chillando. Deben de estar en los salientes más altos, escondidas en grietas, detrás de las rocas, pero todo está en silencio.

Estoy completamente sola en el mundo.

No me gusta.

Entonces, en la entrada de la cueva más grande, veo algo por el rabillo del ojo. Un chico.

Es él. El chico que vi observándonos la pasada noche.

Le saludo y él se da la vuelta y desaparece en el interior de la cueva.

—¡No te vayas! —grito—. ¡Espérame!

Se detiene y me observa, completamente inmóvil.

—¿Quieres jugar? —pregunto, pero no responde y corro a reunirme con él, deteniéndome a un escaso metro de distancia.

De cerca puedo ver que es más o menos de mi edad, quizá un año mayor. Es delgado y moreno, con el pelo rubio despeinado y viste unos viejos pantalones raídos enrollados hasta las rodillas. Nada más.

—¿Has estado nadando? —pregunto.

—Hoy no —su voz es lenta y ronca.

—¿Vives por aquí?

—Arriba —sacude la cabeza hacia la cima del acantilado, lejos de la granja, donde se apiñan unas viejas casitas.

—¿Cómo te llamas?

—Will —hace una pausa, y añade—: Haces muchas preguntas.

—Tú no.

En su cara se dibuja una sonrisa que es como si saliera el sol.

—¡Yegua insolente! ¿Cómo te llamas?

—Mattie —le sonrío. Es raro, pero me gusta.

—¿Llevas algo de comida? —pregunta.

—¿Tienes hambre? —pregunto a mi vez negando con la cabeza.

—Siempre tengo hambre.

Da esa sensación. Puedo verle las costillas. Le recuerdo observándonos ayer noche mientras nos zampábamos la barbacoa y me siento un poco culpable por no habérselo dicho a mamá. Le habría dado algo de comida.

Solo que ayer noche no estaba segura acerca de él. Daba un poco de miedo, escondido solo en la oscura cueva, observándonos. No sabía si era real o no.

Pensé que lo había imaginado. Mamá siempre dice que tengo mucha imaginación.

Ahora que sé que es real me gustaría llevar algo para ofrecérselo. Entonces se me ocurre una idea.

—Sube a la granja —digo—. Ted te dará algo de comida.

—No puedo —dice negando con la cabeza.

—¿Por qué no?

Miro a uno y otro lado de la playa. No se ve ningún puesto de helados.

—Por aquí no hay nada para comer —digo apenada.

—Sí lo hay.

—¿Dónde?

Pone los ojos en blanco como si no pudiera dar crédito a mi ignorancia.

—Vamos —dice—. Te lo enseñaré.

Capítulo 14

Pensaba que Ted sabía muchas cosas.

Will todavía sabe más cosas que él.

Nos sentamos en cuclillas junto a la poza de una roca y levanta tiras de algas para que podamos mirar debajo.

—Esto se puede comer —dice, y corta un trozo de alga para que la pruebe.

Es correosa.

—Sabe igual que las espinacas que cultivamos en casa —digo sorprendida—, aunque más salada.

Asiente y masticamos en silencio, como buenos compañeros. A continuación señala las lapas fuertemente adheridas a las rocas.

—También se pueden comer —dice, y arranca una con un sonido de chapoteo.

—¡Puf! ¡No, gracias!

Contemplo horrorizada cómo arranca el trozo blando con la punta de su uña y se lo mete en la boca.

—¡Está viva!

Mastica con rapidez, traga y sonríe.

—Ya no, ¿ves? —extrae otra concha de la arena.

También contiene algo vivo. Puedo distinguir dos pequeños tubos que se mueven.

—¿Qué es esto?

—Un berberecho. Mantienen la playa limpia, ¿ves? —señala los dos pequeños tubos.

—Sí.

—Los usan para succionar trocitos de plantas muertas y de animales que yacen en la arena.

—¡Como pequeñas aspiradoras! —digo encantada, pero me mira con cara de póquer.

Tal vez no tengan aspiradoras en Cornualles.

Luego se lo come.

Nos movemos de poza en poza y me

señala montones de cosas diciéndome su nombre.

Me muestra mejillones que se sujetan a las rocas con hilos diminutos.

Me enseña caracoles marinos que alimentan a los mejillones.

Me indica cangrejos ermitaños que no tienen caparazón propio y viven dentro de las conchas de otros animales.

—Como los cuclillos —digo.

—Sí —repite—, como los cuclillos —y esta vez me mira como si realmente fuera inteligente y no boba.

Cada dos por tres abre alguna concha y engulle lo que contiene. Creo que debe de morirse de hambre.

—Prueba una —me ofrece—, son buenas.

Niego con la cabeza porque no me gusta comer cosas vivas.

—No, gracias, me conformo con las algas —y añado—: Creo que debo de ser vegetariana.

Vuelve a mirarme sorprendido, como si no tuviera ni idea sobre lo que estoy diciendo.

Puede que no haya aspiradoras ni personas vegetarianas en Cornualles.

—¿Sabes nadar? —pregunto para cambiar de tema.

—Claro —sus ojos se iluminan.

—Yo también —me siento orgullosa de decirlo.

Solo hace unos meses que he aprendido a nadar.

—Te he visto —asiente.

—No soy muy buena —admito.

—Lo haces bien —dice amablemente y añade—, para ser una maragota.

No tengo ni idea de lo que es una

maragota, pero suena bien. Le sonrío contenta y él me devuelve la sonrisa.

—Imagino que puedes nadar como un pez —digo.

—Como una *sedosa* —dice con orgullo.

—¿Qué es una *sedosa*?

Antes de que pueda responder, oigo que me llaman por mi nombre.

—¡MATTIEEE!

Dontie y Jellico han aparecido por la punta del promontorio.

—Es mi hermano. Ha estado explorando.

—Dile que vaya con cuidado con las mareas —dice Will entornando los ojos.

Me levanto cuando Jellico con un alegre ladrido da brincos por la playa y me tira al intentar saltar a mis brazos.

—¡Baja! —me río y vuelvo a ponerme en pie mientras Dontie sube.

—¿Qué haces aquí sola? —pregunta.

—No estoy sola. Estaba hablando con Will.

—¿Quién es Will?

Me doy la vuelta para presentárselo, pero no hay ni rastro de mi nuevo amigo.

—Se ha ido —digo, sorprendida.

Jellico trota alrededor de un rastro, husmeando la arena. Finalmente va a la entrada de la cueva y ladra.

—Creía que habías ido a la ciudad con los demás —dice Dontie y se pasea por la cueva para investigar, pero Jellico no lo sigue, se queda fuera ladrando como un loco.

—¡Sal, Dontie! —llamo y el eco devuelve mi voz, de manera espeluznante—. ¡DONTIE! ¡DONTIE! ¡DONTIE!

—¿Por qué? —la voz de Dontie llega amortiguada del interior de la cueva.

—¡Mamá dijo que no entraras! ¡QUE NO
ENTRARAS!

—¡Gata miedosa! —la voz de Dontie
suena burlona, pero sale al exterior—. No
hay nada aquí dentro.

Mi hermano se ha equivocado. Dos veces.

NÚMERO 1

No soy una gata miedosa.

Una barriga llena de preocupaciones, sí.

Una gata miedosa, no.

NÚMERO 2

Hay *algo* en esta cueva.

Alguien.

Will se esconde dentro. En algún lugar.

Desconozco el motivo, pero no quiere que
lo encuentren.

Capítulo 15

Si alguien tiene que saberlo, ese es Ted.

—¿Qué es una *sedosa*? —le pregunto a la mañana siguiente.

—¿Dónde lo has oído? Una *sedosa* es una foca.

—¿Por qué las llaman *sedosas*?

—No lo sé. Supongo que cuando las focas están en el agua, se ven brillantes y relucientes, como la seda.

—Bestias grandes y feas —tío Vez hace una mueca—. Me parecen babosas gigantes, moviendo sus cabezas de un lado a otro.

—¿Feas? ¡Ni hablar! —Ted frunce el ceño—. Puede que sean torpes en tierra, pero obsérvalas cuando nadan. Cómo cambian. Son preciosas y gráciles.

—¿Como las sirenas?

—Sí —me sonríe—. Son como las sirenas. Hay quien dice que las focas son sirenas y tritones que intentan atraernos hacia el mar.

—¡Ya volvemos a empezar! —gruñe tío Vez—. Más cuentos chinos.

—Hay quien dice que son fantasmas —continúa Ted, ignorándole.

—¡Yuupi, yuuupiii, yuupiii! —tío Vez levanta los brazos y persigue a Stanika por el patio.

Jellico se une a ellos, ladrando. Tiro a Ted de la manga.

—¿Existen los fantasmas? —pregunto en un murmullo.

—No —Ted me mira—. No me hagas caso, Mattie. Solo son viejas historias.

No me importa que existan los fantasmas mientras sean agradables.

Todos van a visitar el Museo de la Mina, pero yo prefiero ir a la playa.

—No puedes ir sola —dice mamá.

—No estaré sola, irá Will.

—¿Quién es Will?

—Mi amigo.

—Su *amigo imaginario* —dice Dontie.

—¡No es imaginario, es real!

—Verás, haremos lo siguiente: iré contigo a la playa —dice mamá—. Me irá bien un descanso. Stanika también pueden venir.

Pero Stanley quiere visitar el Museo de la Mina y Anika tiene que ir con él.

—Parece que solo vamos a ir tú y yo, Mattie —concluye mamá.

No hay señales de Will en la playa. Mamá coloca su toalla en la arena y se estira dando un suspiro de alivio.

—No entres en el mar sin mí, Mattie —dice y se queda dormida.

—¿Quieres nadar? —pregunta una voz a mis espaldas.

Es Will.

Le clavo la mirada, encantada.

Había olvidado cómo su cabello rubio cae sobre sus ojos castaños.

Había olvidado lo delgados que son sus codos y sus rodillas.

Había olvidado cómo sobresalen en su piel las costillas, como si quisieran romperla.

Había olvidado que está tan moreno como una baya.

—No puedo —respondo con pena.

—¿Por qué no?

—Mamá no quiere.

—¿Es tu madre? —Will mira fijamente cómo duerme, echada en la arena.

—Sí, va a tener un bebé.

—Lo sé. Mi madre también tuvo bebés. Muchos.

—¿No te estará buscando tu madre? —pregunto.

—Ya no —dice y parece triste.

—¿Me enseñas más cosas? —sugiero para animarlo.

Caminamos por las rocas y encontramos más pozas en las que hay gambas y langostinos, que son más grandes que las gambas, y unos pececitos llamados blenios y gobios, que no sé distinguir, aunque me explica cómo.

Después, me persigue por la playa con un

gran pedazo de alga empapada que llama alga negra.

Después, lo persigo yo. Es un as.

Luego nos dirigimos a la orilla y me enseña a sortear el agua y competimos para ver cuántas veces podemos hacer rebotar piedras planas en el mar.

Después, hacemos una segunda ronda.

Y una tercera.

Por fin, cuando llegamos a la décima ronda, ¡le gano!

—¡Aprendes rápido! —dice.

Me hincho de orgullo. Me gusta mucho Will.

Me gusta tanto como Lucinda.

—¿No tienes frío? —pregunto.

Viste la misma ropa que ayer, solo unos pantalones rotos, atados con un cordel en la cintura, nada más.

—No, no siento el frío. Me gusta el aire de la playa.

—A mí también.

—Me gusta nadar en el mar.

—A mí también.

—*Odio* estar metido dentro —dice y su rostro se endurece.

—Yo también —digo, y le toco la mano y su rostro se dulcifica de nuevo.

Pero su mano me parece fría como el hielo.

—¿MATTIE? —puedo oír la voz de mamá llamándome desde arriba, en la playa—. ¡Vuelve enseguida!

—¡Una carrera hasta donde está mi madre! —chillo, y salgo corriendo tan rápido como puedo.

Detrás puedo oír la risa de Will.

—Me parece que te había dicho que permanecieras lejos del mar si estabas sola —mamá está enfadada conmigo.

—¡No estaba nadando! —replico—. Y no estaba sola. Estaba con Will.

—¿Tu amigo imaginario? —pregunta mamá con el ceño fruncido—. No cuenta.

—¡No es imaginario! —vuelvo a contestar, pero no me escucha.

Cuando me doy la vuelta, Will ha desaparecido.

Capítulo 16

Sale el sol y el mar es azul como el cielo y muchas familias van a la playa. Mamá deja de preocuparse de que esté en peligro, porque hay muchas personas alrededor. De pronto hay un montón de niños con los que jugar, aunque me gusta más jugar con Will.

Siempre se esconde en las cuevas cuando hay alguien alrededor. Creo que es un poco tímido.

Las cuevas son más grandes de lo que aparentan. Creía que solo se adentraban un poco, pero Will me ha mostrado algunos túneles secretos que conducen al interior del acantilado.

—¿Adónde conducen? —le pregunto, caminando a gatas en la oscuridad húmeda y fría, esperando que mamá no se entere de dónde estoy.

—A la mina de estaño.

—Me alegro de no ser minero —digo mientras gotea agua en mi cuello—. No me gusta estar aquí. Volvamos a la playa —y gateo hacia la entrada y el sol.

Comparto mi almuerzo con él siempre que puedo. Bocadillos, patatas fritas, manzanas. Come más que yo. Un día llevé una empanada a la playa para compartirla entre los dos y se la zampó entera.

—Mamá acostumbraba a hacer empanadas —dijo, engullendo la última miga como una cría de gaviota. Entonces, al ver mi cara añadió—: ¡Lo siento!

No me importó demasiado. Es mi amigo.

Un día Will me lleva a ver las focas. Trepamos por el acantilado y seguimos el sendero a lo largo de la cima. Más tarde nos asomamos a una cueva rocosa, donde las olas rompen contra enormes rocas, que Will dice que son de granito.

—¡No hay ninguna foca! —exclamo decepcionada. Entonces una roca se mueve y se dirige torpemente hacia el mar. Otra la sigue.

—¡Camuflaje! —digo encantada.

Observamos a las focas holgazaneando en las rocas que tenemos debajo, secándose al sol. A veces se dan la vuelta y se quedan de espaldas con las aletas extendidas como si tomaran el sol.

—¿No tienen crema ni sombreros para protegerse del sol? —pregunto.

Will me mira como si no supiera de qué estoy hablando.

Otra foca avanza con dificultad sobre sus aletas y mueve la cabeza de un lado a otro. Lentamente se arrastra sobre las rocas y se deja caer de cabeza al agua.

—Tío Vez tenía razón —afirmo—. Las focas son babosas grandes y sebosas.

Entonces, ante mis ojos, la babosa grande y sebosa se convierte en una sombra ágil, sedosa, que se mueve suavemente a través del mar profundo de color turquesa.

—¡No, es Ted quien tenía razón! —grito entusiasmada—. ¡Son preciosas!

Will se ríe de mí, pero de una manera amable.

—No eres una ignorante, ¿verdad?

—¡No, no lo soy! —digo a pesar de no saber qué significa.

Espero que eso quiera decir que le gusto.

Capítulo 17

Hablo de las focas con Dontie y V. Al día siguiente quieren venir a verlas.

—Si no nos dejas ir contigo, le contaré a mamá que te marchas sola —dice V.

—¡No es cierto! —protesto.

Por una parte, tiene razón. Todos los días voy con ellos a la playa, pero siempre me escabullo y juego sola con Will. Si hay alguien por los alrededores, no quiere salir.

Bajamos a la playa en busca de Will y, ¿sabes qué?, no se le ve por ninguna parte.

Hoy no hay demasiadas personas en la playa. Un viento frío me despeina y me mete el pelo dentro de los ojos, y el cielo es gris.

—¿Will? —grito al interior de la cueva. Sé que se esconde allí, en uno de los túneles—. Voy a ver las focas con Dontie y V. ¿Vienes?

Nadie contesta.

Tal vez está enfadado, porque quiere que las focas sean nuestro secreto. V ríe disimuladamente y me siento un poco molesta, aunque más con Will que con ella. Mis hermanos no han coincidido nunca con él y creen que me lo he inventado. ¡No es cierto! Él tiene la culpa por andar siempre escondiéndose.

—¡Muy bien! —grito a la cueva—. Iremos por nuestra cuenta.

Dontie, V y yo volvemos a subir el acantilado y caminamos por el sendero, dejamos atrás la vieja mina de estaño y las casitas de los mineros donde Will me dijo que vivía.

En el jardín delantero de una de ellas, un bebé está en su cochecito mientras su madre intenta colgar la colada con pinzas. La ropa ondea como loca a causa del viento. La mujer nos sonríe al vernos pasar.

Me pregunto si es la mamá de Will. Parece agradable.

Una vez que hemos pasado las casitas, el sendero tuerce en una esquina y ahora el viento es muy fuerte. V, que no es muy grande, casi sale volando y chilla con todas sus fuerzas.

—¡Vaya! —exclamo sujetándola en el último momento—. Apóyate en mí.

Caminamos con dificultad, con la cabeza agachada, luchando contra el viento. Hoy parece que está más lejos. Al final llegamos a la cima de la Cueva de las Focas.

—Es aquí.

—¿Dónde están las focas?

—Abajo. ¡Tened cuidado! —chillo cuando los dos se asoman por encima del acantilado.

—No veo ninguna —dice V, decepcionada.

—¡Están allí! ¡Mirad! —grita Dontie, emocionado.

—¿Dónde?

—¡Allí! —repite Dontie, señalando.

—¡No puedo verlas! —se queja V—. No es justo.

—¡Torpe! ¡En las rocas! —Dontie avanza un paso hacia el borde—. ¡Abre los ojos, estúpida!

—¡No soy estúpida! —responde V, que da dos pasos adelante y se tambalea.

Rápida como el rayo, sin pensarlo, la sujeto.

Dontie también se tambalea hacia adelante para tirar de ella hacia atrás, pero es demasiado tarde, V ha caído de bruces a mi lado, y Dontie falla.

De pronto, no está y todo lo que queda es un sonido.

Un sonido alarmante, de pelea y rasguños.

Un sonido de resbalar, golpear, deslizarse.

Después oigo ramas que se rompen, y piedras que caen, y una y otra vez la voz de mi hermano llamando:

¡MATTIEEE!

Y luego...

Nada.

Capítulo 18

—¡No te muevas de aquí! —grito a V, y bajo como una loca por el acantilado, deslizándome con el trasero, agarrándome a las rocas, arbustos, trozos de maleza, todo lo que encuentro.

Mi corazón golpea con tanta fuerza que da la impresión de que se me va a salir del pecho y tengo las piernas y los codos despellejados, pero no me importa.

Cerca del fondo puedo ver a mi hermano echado encima de las rocas, como un juguete roto.

—¡Dontie! —gimoteo.

No me responde.

—¡Dontie! —grito, y esta vez unas gaviotas se elevan hacia el cielo, chillando.

Pero mi hermano sigue echado allí como una muñeca desechada.

Lo primero que noto es que no hay sangre.

Lo segundo es que todavía respira.

Dontie está echado de espaldas, en una roca de granito plana, por encima de una pequeña playa. La marea sube deprisa y el mar se traga la arena ante mis ojos. Pronto llegará a las rocas.

—¡Deja de hacer el tonto, Dontie! —lloro—. Tienes que moverte.

No responde.

Le estiro el brazo.

Le pellizco la mejilla.

Le golpeo la nariz. Con fuerza. Es algo que odia.

Le doy un par de bofetones.

Me mataría si supiera lo que le estoy haciendo.

Pero no responde.

Tengo que moverlo. Deprisa.

¿Hacia dónde?

No puedo subirlo arriba del acantilado. Es demasiado escarpado.

No puedo bajarlo a la playa. El mar está demasiado alto.

Oigo un ruido raro, como un gruñido, un lloro y un gemido.

No viene de Dontie, sino de mí.

No sé qué hacer. Puede que se haya roto algo. No creo que deba moverlo. Pero, si no lo hago y la marea sube más, se ahogará.

Todo lo que había anotado en mis listas

de preocupaciones parece haberse hecho realidad.

—¡MATTIEEEEE!

Miro hacia arriba. El rostro ansioso de V me observa desde la cima del acantilado.

—¡VE A BUSCAR AYUDA! —chillo—. ¡VE A BUSCAR A PAPÁ!

Su rostro desaparece.

Me quito la sudadera y tapo a mi hermano y entonces me echo a su lado.

Una después de otra las focas se acercan al borde de las rocas y se tiran al mar.

Estamos solos.

Capítulo 19

No sé cuánto tiempo estamos allí. Me parece una eternidad.

De pronto oigo una voz familiar.

—No podéis quedaros aquí todo el día. La marea está subiendo.

—¡Will! —me levanto de un salto, llena de alivio.

—Vamos. Conozco un camino para subir a la cima.

—No puede moverse.

—¿Por qué?

Miro a Dontie. Está sentado, aturdido.

—Vamos, amigo —dice Will, tirando de él para que se levante.

Nos ayuda a subirnos a un saliente. Detrás está la oscura boca de una cueva.

Seguimos a Will al interior de la cueva, hasta un túnel.

—¡Cuidado con las cabezas! —nos advierte.

Dentro del túnel está oscuro como la boca del lobo, hace un frío que pela y rezuma humedad. El agua gotea por mi cuello. Nos estrujamos para meternos por el estrecho paso, dándonos la mano todo el rato, en fila. Primero Will, después yo, luego Dontie.

Me doy cuenta de que subimos, a través de la roca, en el interior del acantilado y tendría que estar aterrorizada. Pero confío en Will. Conoce estos túneles como la palma de su mano.

Después el techo es muy bajo para permanecer de pie y vamos a gatas, y este trozo da un poco de miedo.

Aunque un rato después nos volvemos a poner en pie y empieza a brillar un poco de luz. Finalmente Will se detiene.

—¡Mirad! —dice, y señala hacia arriba.

Encima de nuestras cabezas hay un agujero. Más allá está el cielo. Lo conseguimos.

Will es el primero en auparse a través del agujero.

—¿Dónde estamos? —pregunto cuando me ayuda a subir.

El cielo está cubierto, pero la luz me ciega después de la oscuridad en el interior del acantilado.

—Detrás de la mina de estaño —dice—.
Hemos subido a través de un pozo de la
mina.

Vagamente puedo ver el taller y la polea
que se utilizaba para subir a los mineros.
Ayudo a Will a subir a mi hermano a la
superficie. Dontie se tumba de espaldas en
la hierba, protegiéndose los ojos de la luz.

—¡DONTIEEE!   ¡DONTIEEE!
¡MATTIEEE!

Levanto la cabeza con un movimiento
brusco como si fuera una marioneta. Nos
llaman, no, gritan nuestros nombres, en voz
tan alta que parece rebotar en lo alto del
acantilado y resonar en el mar. Parpadeo.
Una multitud corre hacia nosotros.

Es toda la familia Butterfield, liderada por
V y Jellico. Detrás van papá y mamá, que es
la que grita nuestros nombres, y tío Vez y

Stanika. Pisándoles los talones vienen Ted y algunos hombres, cargados con cuerdas y poleas.

Vienen a rescatarnos.

Ya no los necesitamos.

Will les ha ganado.

—¿Cómo lo has sabido? —me doy la vuelta—. ¿Cómo has sabido que te necesitábamos?

Se ha ido.

Capítulo 20

Llevan a Dontie a la granja y lo acuestan en la cama bajo un suave edredón. Nos quedamos alrededor de la cama mientras el doctor lo examina.

—Sobrevivirás —dice al terminar dando unas palmadas a mi hermano—. Tienes un buen chichón en la cabeza, pero también un cráneo duro. No te has hecho demasiado daño.

—Debes darle las gracias a tu hermana —dice mamá y me estruja tan fuerte contra su barriga que juraría que puedo sentir al bebé dándome patadas en señal de protesta—. Ella te ha rescatado. No quiero ni pensar lo que podría haber sucedido si te llega a dejar allí con la marea subiendo.

—V corrió a buscar ayuda —digo, y V sonríe con orgullo cuando mamá también la abraza.

—¿Cómo es que conocías el camino a través del acantilado? —pregunta papá.

—Will nos lo mostró.

Se hace el silencio en la habitación. Todo el mundo me mira fijamente y el silencio es tan pesado que puedo escuchar sus pensamientos.

—Cuéntaselo, venga, Dontie —digo—. Cuéntales que nos agarramos de las manos y Will dirigió la marcha.

Dontie se frota la cabeza confuso.

—Lo siento, Mattie, no puedo recordar nada.

Es evidente que dice la verdad.

—Lo que necesita ahora es mucho descanso —añade el doctor y, cerrando su maletín, se marcha.

Todavía me miran todos.

—Bueno, creo que eres una chica muy valiente —dice mamá, finalmente.

—Creo que eres una estrella —añade Dontie.

—Creo que eres una megaestrella —dice V.

—Creo que eres un héroe —dice papá.

—Una heroína —corrige tío Vez.

—Superman —dice Stanley.

—Man —repite Anika.

Les sonrío. Supongo que lo hice bien para ser una Penélope Pánicos.

Es bonito que piensen que soy valiente.

En realidad, no lo soy.

Will fue valiente, yo no.

Capítulo 21

Hemos desmontado la tienda y estamos sentados sobre nuestro equipaje en el patio de la granja. Nuestras vacaciones han llegado a su fin.

—¡No os mováis! —avisa mamá—. No debemos perder este autobús, si no se nos escapará el tren—. Después se lleva a Stanika a los viejos baños por última vez, y añade—: No echaré de menos los aseos, seguro.

Dontie inicia un juego.

—Perderemos el autobús, se nos escapará

el tren, pero no echaremos de menos los aseos.

—Echaremos de menos el autobús, el tren y los aseos, pero no a la cerda Greta —dice V, captándolo enseguida.

—Echaremos de menos el autobús, el tren, los aseos y a la cerda Berta, pero no la lluvia —se suma al juego tío Vez.

Es el tipo de juego que me gusta, pero no tengo ganas de participar porque voy a echar de menos a mi amigo Will, y ni siquiera he podido despedirme de él, o darle las gracias.

No nos hemos visto desde que rescató a Dontie. Mamá no nos ha perdido de vista.

Lo he escrito en mi Lista de Preocupaciones en letras mayúsculas de color negro:

 ¿QUÉ SUCEDERÁ SI NO PUEDO ENCONTRAR A WILL PARA DESPEDIRME?

Ahora es demasiado tarde. Quiero bajar a la playa una última vez para ver si está allí, pero mamá no me deja.

—Puedes despedirte aquí —me ha dicho, lo cual demuestra que cree que es producto de mi imaginación.

—Anímate, Mattie —dice papá, pero no puedo—. ¡Oh, casi se me olvida! —me alarga una postal—. La compré para los abuelos el día que fuimos al Museo de la Mina. Es tarde para mandarla, dásela cuando lleguemos a casa.

La postal es rara. Es una fotografía muy vieja, tanto que se ha vuelto marrón y está arrugada. Es una fotografía de unos hombres que trabajaban en la mina hace cien años. Llevan cascos y sus rostros están ennegrecidos por la suciedad.

—Era el turno que murió cuando se

derrumbó la mina —explica papá—. Quedaron atrapados bajo tierra.

Atrapados bajo tierra en la oscuridad. Siento un escalofrío por todo el cuerpo.

—Fue una época terrible —Ted se ha acercado y está detrás de mí—. Mi abuela era una niña cuando sucedió. Ella me lo contó.

—¿Todos estos hombres murieron? —pregunto.

—Me temo que sí. A ver si puedo recordar quiénes eran.

Ted se sienta junto a mí y observa la postal. Luego escupe los nombres como si se los hubiera aprendido de memoria.

—Tommy Taylor, Arthur Roberts, Jeremiah Scannell..., dejó viuda y diecisiete hijos... Francis Keen, Edward Trevorrow, Joseph May..., otra familia numerosa...,

Joseph Madden, a punto de
casarse, John Payne, y un padre
y un hijo, Richard Pentecost...

Señala una figura al final de la fila
delantera, más pequeña que las restantes.

—Y el pequeño William Pentecost, que
Dios lo tenga en su gloria, el más joven de
todos ellos. Todavía era un niño, vivía en
una casita junto a la de mi abuela. Los dos
jugaban todo el día en la playa, hasta que
lo mandaron a la mina con su padre. Mi

abuela decía que odiaba bajar a la mina, lástima de chico.

Observo el rostro que está señalando.

Mi corazón deja de latir.

Will me mira con el rostro granuloso, sucio, pero inconfundible.

—Mi abuela decía que podía nadar como un pez. Lo peor de todo fue que recuperaron todos los cuerpos menos el suyo. Es terrible pensar en un niño atrapado para siempre bajo tierra —Ted se ha puesto triste.

—Muy bien —dice mamá al volver de los aseos con Stanika—. Estamos listos. ¿Dónde está el autobús?

—¡No tardaré un minuto! —digo, y corro a través del patio tan rápido como puedo antes de que nadie pueda detenerme.

Capítulo 22

Me detengo en la cima del acantilado y contemplo la playa.

Está desierta.

No hay señales de un niño delgaducho y moreno, con el cabello rubio, buscando comida en las pozas de las rocas.

Me muerdo el labio, decepcionada.

Entonces, allí lejos en las rocas, mi ojo percibe un movimiento. Una foca solitaria sube por la roca y estira el cuello.

Me lanzo por el sendero, corro a través de la

playa y me encaramo sobre las rocas hacia ella. Gira la cabeza para observarme, esperando.

Los ojos son suaves, pardos, familiares.

—Sabía que eras tú —digo, y baja la cabeza en señal de asentimiento.

—Gracias —añado.

Ahora su cuello se balancea de uno a otro lado como si dijera: «de nada», y me río.

Alargo la mano para tocarla, pero se arrastra lentamente hacia el borde de las rocas. Entonces se gira de nuevo para mirarme una vez más.

Está esperando mi permiso para marcharse.

Está esperando que lo libere.

—Vete —digo suavemente, y se desliza hasta el mar sin apenas salpicar.

Agito la mano en señal de despedida mientras mi *sedosa* se aleja nadando graciosamente hacia la libertad.

Cuando la pierdo de vista me doy la vuelta y subo el sendero para reunirme con mi familia.

En lo alto del acantilado, puedo ver que hay alguien esperándome. Es mamá. Contra el cielo azul parece el dibujo de una persona delgada con un pequeño bulto del nuevo bebé. Todos los demás están ocupados apilando sus cosas en el autobús.

Voy a subir.

Pero mamá me abraza y me estrecha con suavidad.

—¿Has podido despedirte? —pregunta.

Hago una señal de asentimiento.

—Así pues, es hora de irse.

FIN

Antes de escribir su primera novela, Chris Higgins enseñó inglés y teatro en colegios de enseñanza secundaria durante varios años y también trabajó en el Minack, el teatro al aire libre de las colinas cercanas a Cornualles. Actualmente se dedica a escribir y es autora de diez libros para niños y jóvenes.

Está casada y tiene cuatro hijas. Le encanta viajar y ha vivido y trabajado en Australia, ha viajado haciendo autostop a Estambul y a través de la llanura del Serengeti. Nació y creció en Gales del Sur, y ahora vive en el extremo oeste de Cornualles con su marido.